With love for Sebastian from his uncles.
Freddy & Frida
México D.F a 3/Nov./2015

Niño, Jairo Aníbal, 1941 -
  El obrero de la alegría - The happiness maker / Jairo Aníbal Niño ; ilustraciones Ivette Salom. -- Bogotá : Panamericana Editorial, 2004.

  44 p. ; il. ; 26 cm. (Bilingüe)

  ISBN-13: 978-958-30-1465-9
  ISBN-10: 958-30-1465-6
  Texto bilingüe español-inglés.

  1. Cuentos infantiles colombianos 2. Alegría - Cuentos 3. Trabajadores - Cuentos I. Salom, Ivette, il. II. The happiness maker III. Tít. IV. Serie
  I863.6 cd 19 ed.
  AHV5641

        CEP-Banco de la República-Biblioteca Luis Ángel Arango

El obrero de la alegría
The Happiness Maker

Jairo Aníbal Niño

Ilustraciones
Ivette Salom

Editor
Panamericana Editorial Ltda.

Dirección Editorial
Conrado Zuluaga

Edición
Mónica Montes Ferrando

Traducción
Juan Carlos Gonzáles Espitia

Ilustraciones
Ivette Salom

Diagramación y diseño de carátula
Diego Martínez Celis

Primera edición, Editorial Colina, 1992
Primera edición en Panamericana Editorial Ltda., septiembre de 2004
Primera reimpresión, septiembre de 2006

© Jairo Aníbal Niño
© Panamericana Editorial Ltda.
Calle 12 No. 34-20, Tels.: 3603077 - 2770100
Fax: (57 1) 2373805
Correo electrónico: panaedit@panamericanaeditorial.com
www.panamericanaeditorial.com
Bogotá D.C., Colombia

ISBN-13: 978-958-30-1465-9
ISBN-10: 958 -30-1465-6

Todos los derechos reservados.
Prohibida su reproducción total o parcial,
por cualquier medio, sin permiso del Editor.

Impreso por Panamericana Formas e Impresos S. A.
Calle 65 No. 95-28. Tels.: 4302110 - 4300355. Fax: (57 1) 2763008
Bogotá D,C, Colombia
Quien sólo actúa como impresor.

Impreso en Colombia   Printed in Colombia

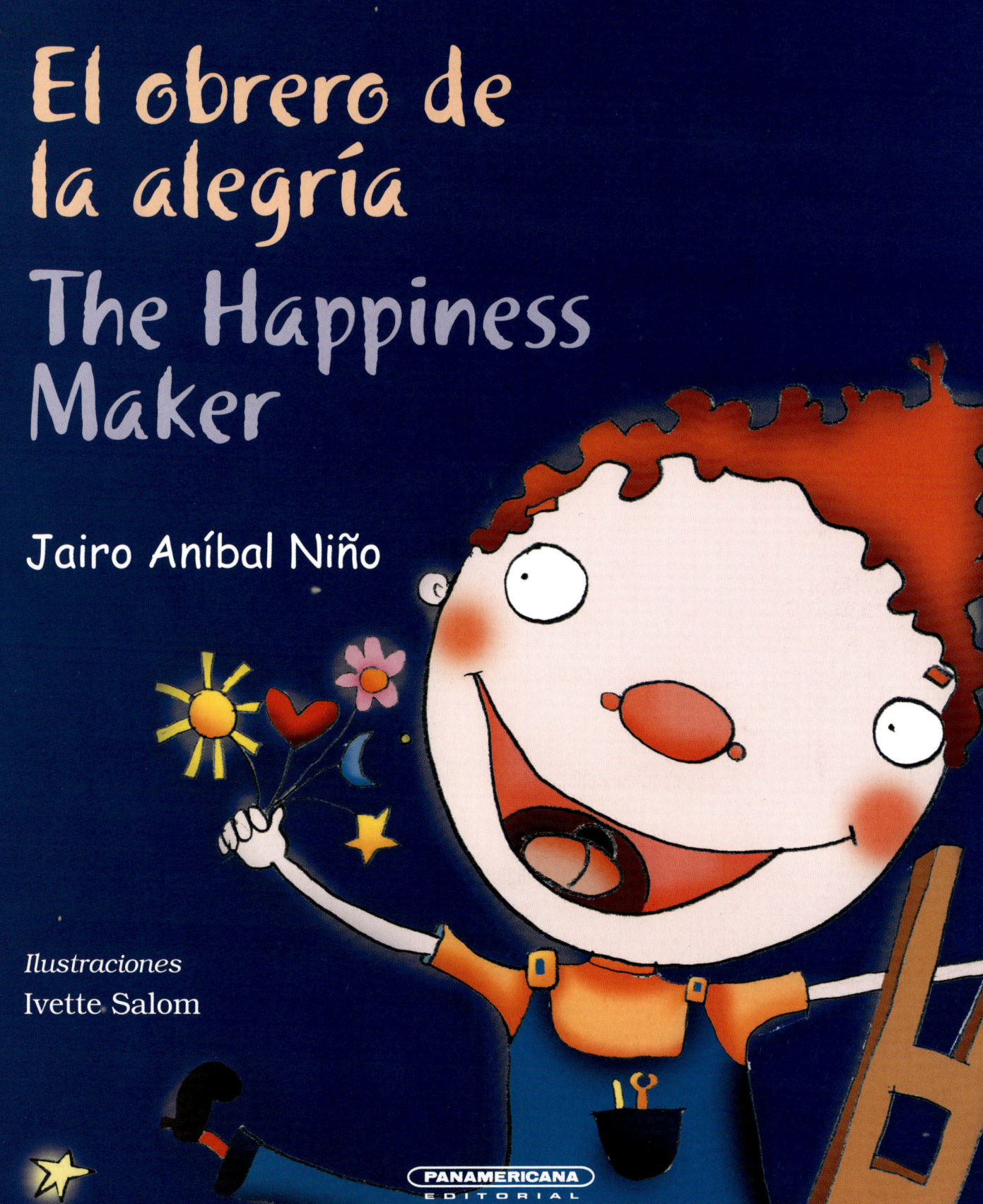

Pedro Pablo es un hombre
que se despierta contento
porque día a día construye
la casa de su vida.

Pedro Pablo wakes up happy
because, day by day,
he is building
the home of his life.

Amanece alegre pese a que
—inevitablemente—
ha tenido que utilizar materiales de construcción que provienen de sus malos recuerdos.

He awakes full of joy even though —unavoidably— he has had to use building materials that come from bad memories.

En los desagües y en algunos tramos de la obra negra, ha empleado el fastidio que le producen las largas colas para tomar el bus que lo lleva a su empleo...

In the primary steps of this raw home making, he has had to use the frustration produced by waiting in long lines to catch the bus that takes him to work...

Y el mal humor del jefe de la oficina en la que labora,

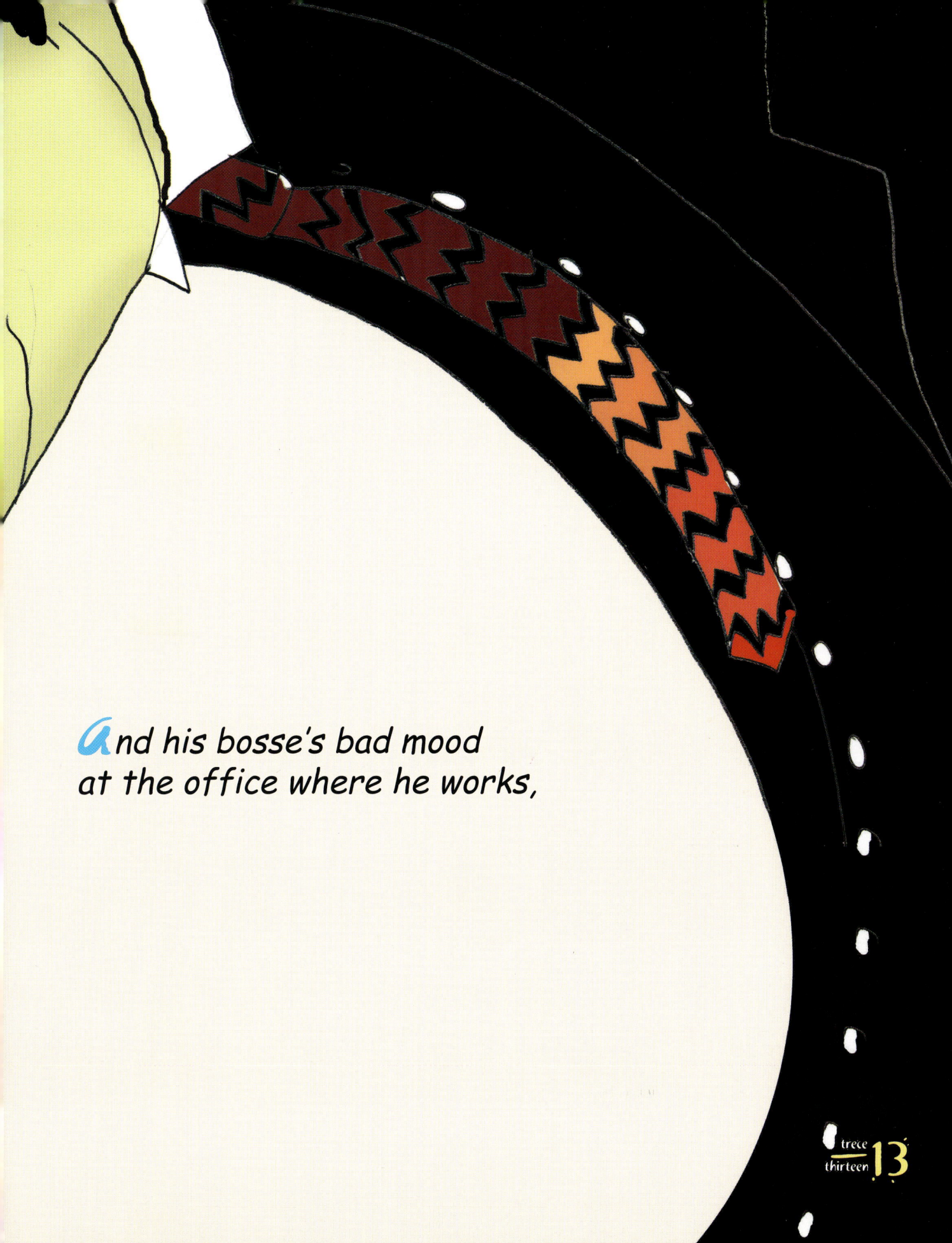

el poco dinero que gana,

the little money he earns,

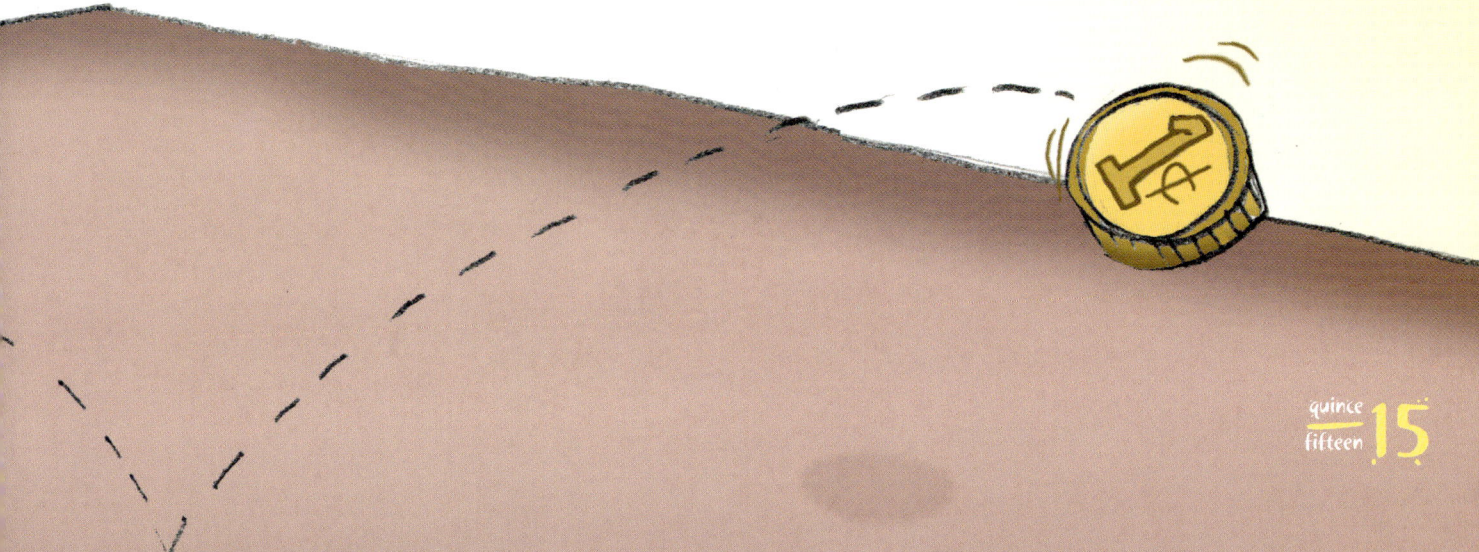

Y los frecuentes incidentes con un perro que lo ataca de improviso, obligándolo a responderle con los desolados latidos de su corazón.

And the frequent encounters with a mad dog that takes him by surprise, forcing him to respond with fast lonely heart beats.

No ha podido rechazar los pedruscos que le envía la cantera de la memoria, extraídos de las catástrofes causadas por una paloma que alguna vez le dejó caer su caquita sobre la cabeza,

He hasn't been able to ignore the pebbles cast from the depths of his memory, marked by the devastation caused by a pigeon that once pooped on his head,

Y el automóvil que lo salpicó de barro precisamente el día en que estrenó su mejor vestido.

Nor the mud splashed by a car,
on the very same day that he wore his best suit
for the first time.

Pedro Pablo es un hombre que se despierta contento porque se ha convertido en albañil y maestro de obra de la casa de su vida.

Pedro Pablo is a man who happily wakes up every morning because he has become the master and maker of the home of his life.

Amanece alegre porque utiliza excelentes materiales de construcción que provienen de sus buenos recuerdos. Evoca —inevitablemente— el rostro de una muchacha que, asomada a una nueva ventana, parece que acaba de inventar la sonrisa.

He wakes up happy because he uses premium building materials that stem from good memories. He recalls —unavoidably— the face of a girl who, looking out of a new window, seems to have just invented a smile.

Rememora a una mariposa que, de repente, apareció en la selva de los altos edificios,

He remembers a butterfly that suddenly appeared amid the skyscrapers jungle,

Y no olvida los atardeceres,

ni la fortuna de tener un amigo verdadero.

nor the fortune of having a true friend.

Se despierta contento porque para decorar patios, alcobas y salones, acoge en cualquier tiempo y lugar, a los llamados de su imaginación que fácilmente pueden transformarlo en astronauta,

He wakes up happy because, by decorating
backyards, bedrooms and living rooms,
he welcomes, at any time or place,
the callings of his imagination
which can easily turn him
into an astronaut,

O en bombero,

Or into a fireman,

treinta y cinco
thirty-five 35

O en pájaro.

Or into a bird.

Pero, sobre todo, se despierta feliz porque, para fundar el alma de la casa, en lo más dibujado de los planos vive desde hace algún tiempo una muchacha que vende manzanas en las calles de la ciudad y que, poco a poco, sube las escaleras de su corazón.

But, above all, he wakes up happy because, in his soul the main foundation of the blueprints of his home, there has lived for some time, a girl who sells apples on the streets and slowly climbs the steps of his heart.

Pedro Pablo es un hombre
que se despierta contento
porque es el albañil
y maestro de obra
de la casa de su vida.

Pedro Pablo is a man who wakes up happy because he is the maker and master of the home of his life.

Jairo Aníbal Niño, escritor colombiano, nació en Moniquirá, Boyacá en 1941. Su vocación inicial de pintor se volcó rápidamente hacia al teatro, primero como actor y después como dramaturgo. Ha sido profesor universitario y director de grupos universitarios de teatro. Autor de un gran número de obras de literatura infantil, entre las que se destacan *Zoro*, I Premio Nacional de Literatura Infantil Enka, *Preguntario*, exaltado en la Lista de Honor de la Organización Internacional para el Libro Juvenil (IBBY); y *La alegría de querer*, premio Misael Valentino.

Jairo Anibal Niño a Colombian writer, was born in Moniquira, Boyaca in 1941. His initial inclination as a painter changed rapidlyt towards the theater, first like an actor and then as a dramatist. He has been a university professor as well as a Group Director of theater at the University level also. He's the author of countless children literature stories among the ones that standout, *Zoro*, First National Award for Children literature Enka, *Inquirement*, exalted in the Honor's list of International Organization for the Juvenile Book (IBBY), and *The Happiness of Loving*, Misael Valentino Award.